*Para Álvaro, mi pequeño
pajarito que llega con el sol.
A mis padres, porque hacerse
viejito es una gran hazaña.*

Paula Merlán

A mis amigos del corazón.

Sonja Wimmer

Una sorpresa para Tortuga
Colección Somos8

© del texto: Paula Merlán, 2016
© de las ilustraciones: Sonja Wimmer, 2016
© de la edición: NubeOcho, 2017
www.nubeocho.com - info@nubeocho.com

Correctora: Daniela Morra

Primera edición: 2017
ISBN: 978-84-946333-5-5
Depósito Legal: M-1575-2017

Impreso en China a través de Asia Pacific Offset,
respetando las normas internacionales del trabajo.

Una Sorpresa para Tortuga

Paula Merlán

Sonja Wimmer

nubeOCHO

Todavía no había amanecido y Tortuga
ya estaba despierta. Asomó su cabecita
por el caparazón y miró alrededor.

Todo tenía el mismo aspecto de siempre, aunque
presentía que algo extraordinario iba a sucederle.
Pajarito, su mejor amigo, todavía soñaba en su nido.

Como cada mañana, Tortuga se dirigió,
muy despacio, a una charca cercana para
refrescarse. Algo le llamó la atención y observó
su reflejo en el agua.

Su cara estaba arrugada y su caparazón se veía
viejo y desgastado. En ese instante, se sintió
mayor y muy apenada.

Con el sol, llegó Pajarito revoloteando muy contento.

—¡Buenos días! ¿Qué te sucede? —dijo al ver la cara angustiada de su amiga.

—Me siento muy triste —respondió Tortuga—. El tiempo pasa tan rápido... Mírame, estoy vieja y arrugada. Y ¿qué me dices de mi caparazón? ¡Está hecho un desastre!

Pajarito lo miró detenidamente...

—Es cierto que necesita algún arreglillo, pero eso tiene fácil solución —afirmó convencido—. ¡Ya sé! Le pediremos al cielo que te regale un puñado de estrellas. Tu caparazón se verá bello y luminoso.

A Tortuga le pareció buena idea. Así, el cielo le regaló estrellas muy hermosas. Su caparazón resplandecía, pero al llegar la noche, con tanta luz, no podía dormir.

A la mañana siguiente, Pajarito fue a ver a
su amiga. Tortuga estaba muy cansada.

—Mi caparazón iluminaba tanto que no he
dormido casi nada— se quejó.

Pajarito enseguida propuso una nueva idea.

—¡Ya sé! Le pediremos a las plantas que nos regalen un ramito de flores. Tu caparazón se adornará con sus colores.

A Tortuga le pareció bien. Así, las plantas le regalaron un saquito lleno de flores.

Su caparazón lucía hermoso, pero los pétalos enseguida se secaron y sus embriagadores aromas se esfumaron.

—No ha resultado— dijo Tortuga desanimada.

—¡No desesperes, amiga! —exclamó
Pajarito—. Le pediremos al viento que
te traiga unas cuantas nubes. Tu aspecto
será como el del suave algodón.

A Tortuga le pareció buena idea. Así,
el viento le regaló un par de nubes que
cubrieron por completo su caparazón.

Sin embargo, pronto empezó a sentirse mojada e incómoda.

—De nuevo, no ha resultado—dijo Tortuga desesperada.

Pajarito ya no sabía qué hacer para ayudarla.

—Quizás si le pedimos a...

—¡Basta! —gritó Tortuga irritada—.
Solo has conseguido que me
sienta peor.

Tortuga se alejó de allí y se perdió
entre los árboles.
Durante el camino, empezó a llorar.

Sabía que Pajarito solo quería ayudarla y lo había tratado muy mal. Paró un rato a descansar y, sin querer, se quedó dormida.

Mientras tanto, Pajarito
no dejaba de pensar
en cómo solucionar el
problema de Tortuga.

—¡Es mi mejor amiga! —se
decía—. Debo encontrar
una solución.

De pronto se le ocurrió
una idea. Pajarito voló y
voló muy alto; le cantó
a las nubes, bailó con el
viento y, por fin, llegó
hasta el arcoíris...

Al amanecer, Tortuga se despertó sorprendida.

—¡Me he quedado dormida! —exclamó.

Pronto vio que estaba cerca de la charca en la que solía refrescarse y como tenía sed, se acercó a beber. Observó con atención su reflejo en el agua.

—Pero, ¿qué ha pasado?—se preguntó Tortuga atónita.

—¿Te gusta? —preguntó Pajarito revoloteando nervioso sobre el caparazón de su amiga.

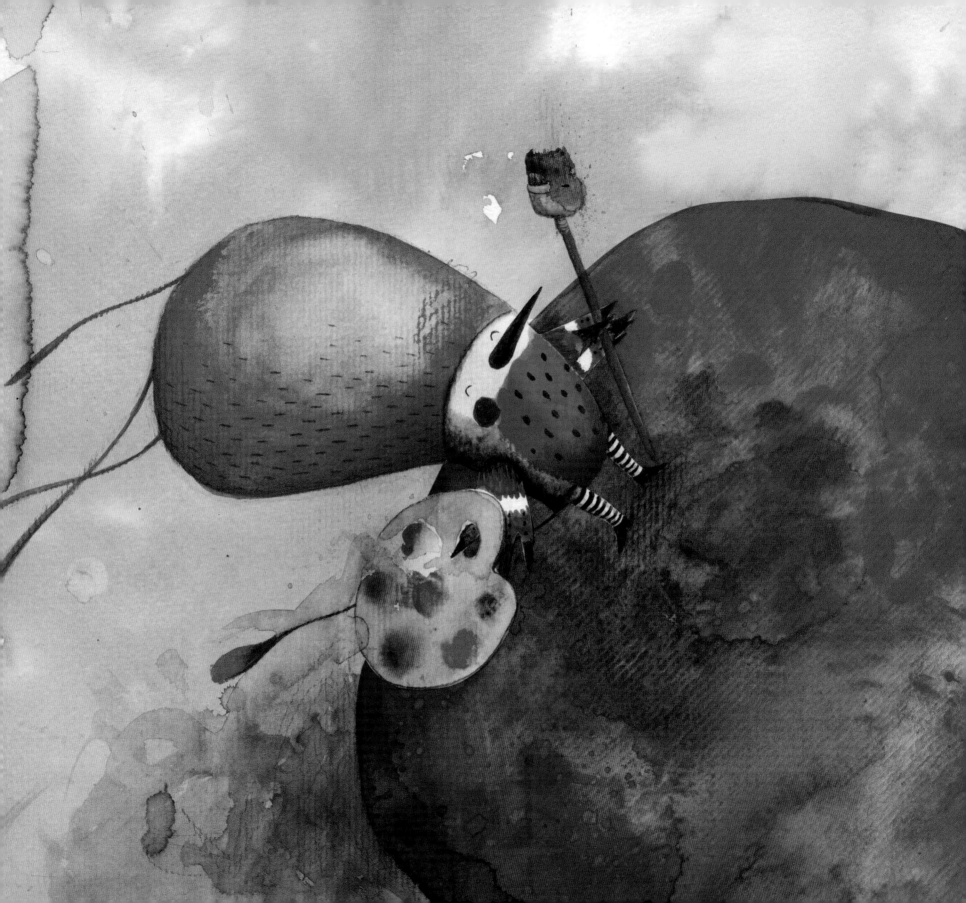

—¡Qué maravilla! —exclamó
admirada de su colorido aspecto.

—El arcoíris me ha regalado
pintura y... ya ves. Además
de cantar siempre me ha
gustado pintar —afirmó Pajarito
muy contento.

—¡Es precioso! —dijo Tortuga
agradecida—. Ayer fui muy desagradable
contigo y te pido disculpas. ¿Sabes que
eres mi mejor amigo?

—¡Y tú mi mejor amiga! —respondió
Pajarito emocionado.

Tortuga no se había equivocado al pensar que algo extraordinario iba a sucederle.

Las arrugas y el viejo caparazón ya no le preocupaban. Pajarito estaba a su lado y eso era lo que más le importaba.

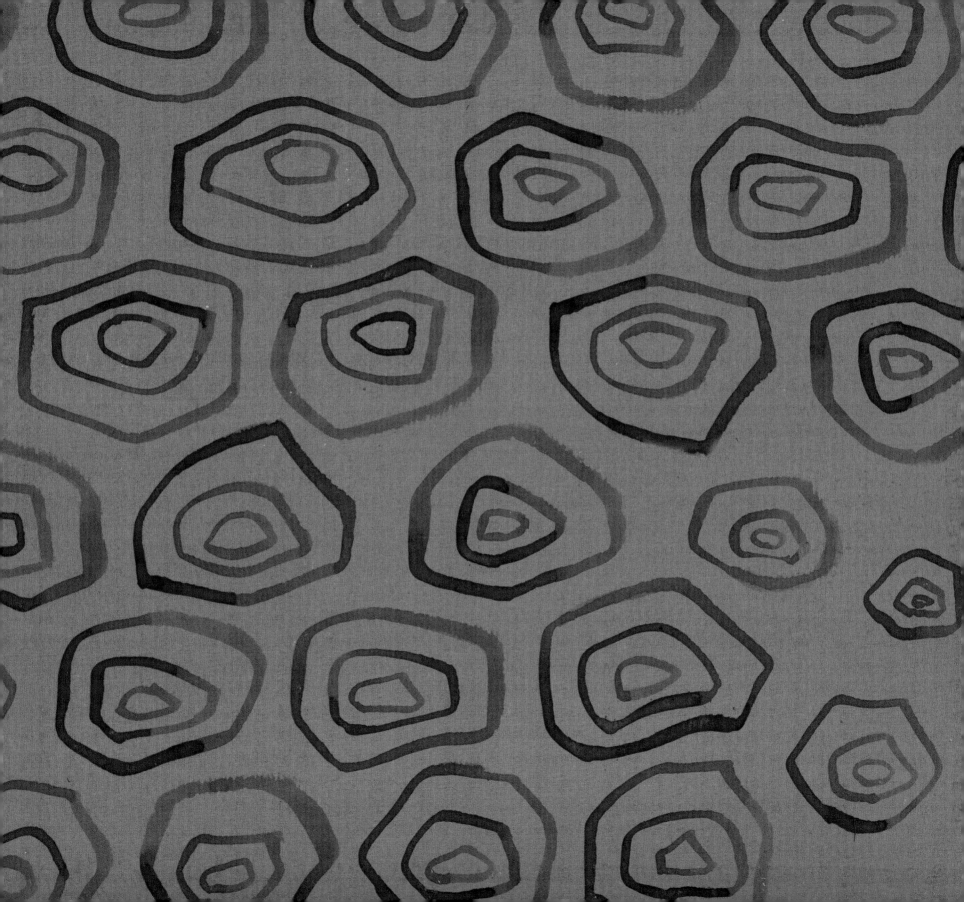